Gabriel Méxène

Les Figures

Livre Phi

Corpus de la Doctrine

Philosophie & Merveilleux

*

*   *

Préface de l'éditeur

Quatrième livre des *Figures* de Gabriel Méxène, le *Livre Phi* que vous allez pouvoir lire dans cette édition imprimée débute le Corpus de la Doctrine. La scène du théâtre de marionnette et les deux Âges complémentaires de cet univers philosophique se déploient selon le mode caractéristique du récit poétique. L'atmosphère littéraire de la culture européenne en dynamique est assurément une des essences distillées d'un tel imaginaire. Les trois images du récit, en paysages pivots, définissent par le miroir énonciatif la conception du langage chère à l'auteur.

Par ce langage imagé, les fondations posées par les trois ouvrages précédents permettent aux ogives doctrinales de lancer leurs concepts. Le champ de la métaphysique précisément semble ici accentué, la teneur argumentative se resserre autour de la notion du *Temps*, mot axial de la réflexion méxènienne. La ville évoquée, aux échos multiples des architectes, est en soi une *figura*, une minutieuse recomposition de strates urbaines qui trouvent leur achèvement dans la doctrine du Temps, opposé à l'espace, comme fondement ontologique de notre époque sans doute décisive.

Ce flux, l'entrain pancaliste en réalisation, incite à la rêverie littéraire, à la contemplation et aux lentes décoctions d'une lecture attentive et critique, c'est-à-dire consciente de ses conditions d'émergence. Les visions philosophiques et merveilleuses du *Live Phi* accomplissent sans doute une promesse.

LIPM

L'Âge de Cire - Écrit Accord

    - Mon inconscience reposait dans les bas-fonds obscurs, bercée d'une mer sans algues par des courants salés. Des cristaux blancs muant le silence en écho de grande fonte, présidèrent en mon souvenir à la naissance des formes. Les prismes encore opaques mais frémissant de clarté dessillaient mon sommeil où fluait ma nature. Mes prunelles de gemme après les larmes violines de la stupeur natale, s'apaisèrent par les rayons traversants et mon repos s'estompa vers les flots en partance. Morphogénèse active, mon cœur s'éprouva ; ce lieu de sorts et de bataille, je l'avais abordé. Mon âme verticale et mes paumes de cire touchèrent alors l'art promis dans l'ordre minéral du beau trésor des lapicides. De sa nef en silex d'esprit et du front de ses tours, la grande cathédrale tonnait, fiévreuse, son essence polythéiste. Guerrière sacrale et encensée, sa lumière même fille des mosaïques et des lettres sculptées déployait son spectre par des lances justes et graves. Alors, dans la rémanence de poudre, et l'idée de sang éprise des travées, la lutte austère créa la geste des volontés. L'incrustation du portail au couchant, rose fulgurante en recueillement de carmin, laisse en mon esprit l'idée du pays intérieur. L'histoire du vitrail, mémorial sorcier à l'onde universelle, trouve ainsi le sens de sa trajectoire retorse. Au chant muet des voix figurées, par les couleurs narratives en expansion selon des lignes noires, je vis les premières courbes en puissance, leurs plans mauves dans la brume légère. Je savais, selon la logique des événements, que ces visions deviendraient la preuve de mon unicité. Mais déjà la détonation des secrets fulminates, par la pression des tours et l'ire d'arcs-boutants, lançait sa fureur, des lamés du fleuve au plus sombre de la flèche. Entre le temps de l'idée absente et sa réalité, des pouvoirs animaux attroupés au parvis, parsemaient de douleurs ma nécessaire enfance. Le temple comprimait sa violence et dans un austère et rapide mouvement écrasait les vindictes ou, d'un éclair sommital, paralysait leurs jugements à l'aune trop mécanique. L'ennemi brulait de mille feux, et ses lèvres calcinées se clôturaient parfois. Même hagard, les mains appuyées aux voûtes du déambulatoire en rage, hanté par le fracas, mon esprit théâtral déliait la trame à l'entour de la parfaite urbanité. La cathédrale et sa ville par les vitraux anciens livraient les sentes secrètes par les proportions justes. Le corps de la Ville, cité aimée, se calcule par la marche, activité des dialogiques. L'espace des figures de verre semble ainsi l'alcôve calfeutrée au salut des rayons. L'axe arqué du fleuve habité pose la couleur éthérée par la promesse des savoirs, de l'encre des voies aux espaces azurés. Oh mon cœur étrange, aux battements fictifs, à l'idée de cierge, notre vie d'aléas touchera la ville comme nul autre, par l'amour des parcours mages donnés à signifiance. L'un d'eux captiva ma pensée. Il débuta par le blanc translucide du vitrail, la luminescence de craie grisée par le plomb en pourtour. Par-delà, au plexus de la cité, les rues en tentacules abritaient des entrées passantes aux profondeurs de limonaire. Des verrières circonflexes et des globes passés jouaient dans les galeries l'écheveau des époques et ces relatives donnaient en quintessence l'unique caractère magique du temps selon la ville. Cette esthétique sidérante fondait en conscience la sensation de temps pur, résultat alchimique à valeur d'être. Je compris alors que la magie permet l'ontologie au cœur des perceptions. De l'espace générant et se rétractant, je moquais l'illusion, simulacre de mémoire : une faille subtile tressaillit à l'entour, les passages, dans leur ambiance d'automates, habitaient l'image peuplée des grands boulevards. Les théâtres nostalgiques d'inexplicables vitrines, le lustre spectral des pas de porte illusoires, dans l'écho des foules en habit songeant aux soirées de lumières, parsemaient la ronde de mes pensées. Au détour des seuils, en passant l'arc sombre, un grand calme se fit, à l'entrée du jardin. Les fleurs aux cerisiers noirs se tenaient immobiles, les allées droites aux ramures strictes découpaient la poussière en ombres sages. La frondaison soignée des tilleuls enlacés doublait la ligne des arcades froncées. Les voûtes élancées d'une longue et étroite terrasse marquaient la frontière vers les façades principales et posaient leurs piliers ronds sur le lac évaporé d'une cour de pierre. À l'épicentre le dialogue synchronique se déployait dans le repos. L'eau verdie en son bassin mirait les ministères, le temps prime assuré dans le juste blâme de l'espace égoïste. Le temps effectif, et le retour du jugement même, le temps en valeur, séparé par combat, et dont l'initiation corrobore l'existence. Le réel est ainsi la ligne temporelle présente jusqu'au cœur des manifestations d'une réalité spatiales en mouvement dans la durée des expansions et des contractions. Le jardin vital aligné dans l'enceinte avait la fixité des résultats probants. La claire reverdie en pluie douce parée de cinabre éclot en science d'une valeur nouvelle. Le réel du temps aux ondes noires et or, en rayonnant se donne en conscience et la déduction de l'âme peut trouver sa voie. Assis en regardant le ciel bordé d'ardoises je voulus retenir que l'impact du Livre, dans sa facture, se joue des médiations, de leur mépris anachronique comme de leur révérences. La séparation est aussi dans la nature du livre, de là son début et sa fin. Contre la stase des consciences il miroite le réel. C'est, seulement, le medium du temps, ou l'établissement conscient d'un principe de prestige, qui noue le lien subtil, symbole de la présence sociale.

Les lignes étroites de ciel en lumière et le rectangle vertical en visée dans la descente, la rue, le matin jaillissante et le soir mauve, fumait de ses fêtes endémiques. Le pavement noirci aux histoires d'enjôleurs rehaussait le cœur aux attentes marqué, sachant, irrégulier, les heurts des vies ou ceux du sommeil. Le futur au marcheur s'offrait, sûr de lui tramer un coup du sort. Des façades blanches et irrégulières selon les temporalités propres aux connaissances jouaient avec l'azur ou les brumes légères. On pouvait voir ici le sourire du bifront, dont l'aura argentée frappait la ville par le désir puissant des solutions métaphysiques. Cet événement de son mystère entretenait la conscience. L'initiation par le labyrinthe peut surprendre les traditions, la clarté peut mener aux volontés apurées où l'âme définie, par les dieux se révèle. Les vibrations de l'air rehaussées de scènes expressives, comme la lame comprise au jeu d'une phrase, faisait flamboyer les promeneurs sensibles. L'éclosion urbaine, familière à mes yeux par cette promenade innocente, naissait d'une petite place presque sommitale, ivre de synesthésie, mue par des regards fiévreux. Le vrai portier en son élan tendait à son principe, et planait par les cieux fendus, porté par l'atmosphère. À l'apogée de la colline, comme une note grave, un temple immense, prière taillée dédiée au passé, laissait exploser en cercles concentriques le règne des pierres. Des salons soyeux aux rouges luminescences formaient dans les cercles des alcôves stylées. L'ancien forum de noble largeur descendait vers le parc aux grilles séculaires. D'un geste très doux le bifront salua le cortège illustre des veilleuses du feu, clé de la cité. Elles regardaient au loin par leurs yeux d'embrasures et le respect naturel leur ouvrait un passage. La puissance, potentielle et effective, s'élançait de leurs pas, par le dessin des lettres elles avaient donné à l'idée son urbaine justice. En un murmure l'une d'elles répondit : - « Ton destin métaphysique est attaché au devenir du récit et de l'image. Or, nulle idée publique n'existe sans pouvoir. Mais si tu ne veux pas devenir l'esclave d'un principe, vois les lignes de nos lettres influencées de magie blanche et noire. Synthèses de foudre et malédictions tracent le lit fondamental, la puissance, si elle est sans rivale, est ainsi seconde » -. D'un souffle elle salua, tournant ses épaules vers ses compagnes énigmatiques, les portes étaient ouvertes et le feu consumait. Au fond, les marronniers immenses posaient en velours ourlés, hauts reflets cuivrés dans l'antre de minuit. Sacrées, elles descendirent vers la fontaine ronde pour, main dans la main, se disperser par les sentes noires au gazon ainsi ligné. L'oscillation des feuilles quintuples sous l'astre entier parait les carnations, et la rougeur du cinabre sur les visages pensifs se détachait parfois en perles inestimables. Le ton séditieux en éternel écart, les entretiens parfois farouches déplaçaient l'avenir. Souvent, les voix atones poursuivaient entre un écho de rire vibrant et le frémissement des graviers du pas. La plus jeune près d'une clairière paraissait volubile, sa sœur en pureté écoutait attentive : - « Le littéraire est un enchantement, de la région des lacs on capte sa naissance, et son libre sourire. L'imagination climatique chante des inclinations à l'essence sélective. Il doit être possible en nos contrées de mélanges, selon un destin tolérant car certain de ses fins, de saisir le sens au creuset de nos actes. Les radicalités et l'ambivalence des canons esthétiques sont une marque suspecte aux frontispices de nos valeurs, nous préférons ici les visions puissantes, le mouvement en tension, l'énergie arasant les désirs pour enfin accomplir notre caractéristique aimée, notre art divinatoire. Nos capitales impériales dans les vapeurs d'été se dédoublent, les monuments diachroniques basculent des torpeurs aux vibrations, nous entretenons le Grand Œuvre sublime et la phrase ailée du rapace. Le pancalisme, alors, serait l'unique astrolabe d'une âme en cours de création, la projection de ce mot même révèle pour moi son motif absolument neuf. De cette conception de la forme, dynamique et sensée je vois une synthèse historique. Écoute, l'âme est la loi informée du Temps, une œuvre doit en être la manifestation, bien plus qu'une idée, marquant l'éternel retour de son sceau complet et indéfectible. Alors, toujours reviendra le jugement puisqu'aux jeux des possibles les cartes se redonnent. Dans le flux des époques il ne restera pas que nouveautés et ressemblances, la force d'un sens instaure une logique : si l'ontologie est touchée, toujours l'être en sera défini » -.

Dix-huitième Dit

« La nature très aristocratique de l'élan qui m'anime n'a trouvé que du consentement par mes organes éveillés. Fier de sa vivacité, son pouvoir heuristique a décanté ma guerre. J'affirme, je réponds, sous l'orbe dialogique ou dans les contrées sociales, jusqu'aux regards où la séduction s'évoque. Les rêveries ouvragées priment et s'accomplissent, les polarisations réglées permettent un cercle plus grand au compas de ma pensée, elles bannissent l'intrusion inféconde aux éclairs de prétention inverse. L'harmonie générale en ses libres desseins bat et flue par mes artères sensibles en son règne philosophique, la discipline exquise est un essor et la ville s'articule en trame d'intrigue. Souvent je descends l'avenue majeure, quand le soleil se croise avec les ramures noires dans un cristal de sucre. La ligne d'ombre en révérence ploie sa tangente nocturne, les galeries deviennent vives, parsemées de jaillissements aux prunelles d'ambre et de mica. Des parfums de cerfeuils et la blondeur des champagnes content aux devantures l'attrait d'un délassement dans les anfractuosités ondoyantes, calfeutrées de plaisirs. Les marbrures de caramel sur l'écheveau indigo des mousses damasquinées retiennent le flot passant en retour d'un parc ou d'une serpentine parsemée de perspectives, et ourlent le soir d'émulsion de délices. D'immenses contre-allées cachent en bordure les secrets pavillons, ma capitale aimée est un vortex tendre, le jasmin délicat de l'énergie des mots. À l'entrée de la place en forme lointaine de cercle géant, les palais ouverts où tant d'histoires tournent comme les vapeurs au soleil livrées, étendaient leur royaume dans l'arc apparent. L'esprit de certitude animait l'esplanade et dans l'ostentation les lustres cristallins imposaient l'ordre du faste dès le grand vestibule.

Mais au soir, la ronde des réverbères qui parsemaient l'espace lançait au ciel amant du fleuve l'écho d'une fête astrale lamée de nuages doux. On pouvait voir alors, vers les deux fontaines aquaphiles, la pluie fine brumer les pavés d'une aura verte de cardamome. Dans cette décantation sociale c'est l'attitude seulement qui toucha la corde du plus parfait accord. ».

Dix-neuvième Dit

La Rose à l'ouest éblouissait, mes pommettes translucides captivaient l'incarnat. Voir les mondes s'épancher au centre urbain de la nef divine, là même où l'ombre recueillie permet à la couleur de nommer la cité, enclenchait une fièvre brûlante et suave que le récit et l'encens partagent en secret. À la moindre inflexion mon sort se jouait, et la porte spéculative à l'ontologie dévouée, ne s'ouvrait que selon une pression majeure. Le savoir des ogives rappelait à mes yeux la nécessaire précision accomplissant son œuvre. La décantation séparant à jamais le temps de l'espace selon une évaluation et la compréhension de leur nature contraire affirmait que l'Idée manifeste du processus se distingue du réel qui engendre la matière jusqu'à l'injustice, son objectif. Nommer la différence de nature, et alors de potentiel, permet d'atteindre l'impunité que le seul jugement, dans sa nécessité, ne peut enfin toucher. L'Idée n'a nul besoin de causes et de conséquences : le passé signe l'irrévocable ou l'irréversible, le présent-futur marque l'évaluation, le jugement et la victoire. La cathédrale des divinités, temple des liaisons et des déliaisons, anime les reflets multiples des contes sapientiaux, il n'est d'autres communions que celle des mots en partance. Le fleuve dehors est maintenant noir, ses bras fluides brillent parfois puis s'ombrent, en passant sous les arches il semble disert. Les quais aux rives attachés recueillent les émotions et leur ligne fragile est un grand baptistère. L'initié aimera la tristesse qui sourd d'un léger désarroi, car il est des appels auxquels on ne peut répondre dans l'instant, mais la lente émulsion, comme une enchanteresse, animera l'esprit d'un souvenir durable. C'est la force des sceaux de finir et d'amorcer, la cire a le model d'une frappe certaine, et devient de la phrases le très sûr frontispice. Ainsi les îles, dans la lumière vivante, scellèrent leur hiatus apparent en un geste héraldique, les longues façades blanches des après-midi lentes, enclenchèrent un mirage que la nuit renforçait d'une craie ténébreuse. Dans un détour, la grande flèche obscure dynamisait l'obscur, ses reliques cachées scandant l'histoire syncrétique, et son espoir passait sur la grande ville, armée par le front des portails, aimée du chevet merveilleux. Les dieux et les déesses, par le carré des connaissant, veillent à lire les fiertés aux lumières des feux votifs.

Vingtième Dit

- C'est dans l'ancien faubourg, par la rue de traverse, que la colline oblique le champ des perceptions, dans une pente altière pleine d'espoirs brisés et de rêves assouvis. Un monument gigantesque, comme à l'orient dévoué, pour les toits et la foule répand son hymne mystique aux notes de santal par son éclat blanc en parure d'ivoire. Le recueillement de la lente montée décrit les drames aux mélodies associés et un chœur nostalgique empreint de noir fusain raconte l'histoire des mille volontés. Les places suspendues, dispersées et asymétriques penchent au soir leurs pavés blottis, l'hiver n'est pas triste mais pose immobile. La neige feutrée a de sombres échancrures près des murs bas ou des longs garde-fous, au front s'éploie la ville en plaine de brillance. Les luthiers, à la corde ou l'anche dévoués, ouvrent les vitrines sur l'étrange ritournelle où les esprits lassés glissent dans le murmure, leurs yeux de mannequins étonnés et pensifs. Aux néons rouges des établissements le Tarot de la terre tire la figure mutique du pli qui s'achève, la donne en son mystère peut toujours répéter. On pleure ici parfois le grand élan des fêtes, ou les nuits euphoriques dans leur sûre distinction de scène prototype. Nul espace alors n'est enfin si propice pour la vision circulaire de l'effusion sociale. En garde on attendra l'aurore, au levant un mirage trompera le théâtre, les nuages entreront dans le courant du fleuve lointain fort des neiges d'Asie et des vallées glaciaires. Les cendres lavées gagneront l'océan par-delà l'horizon, et la pensée suivra la ligne propice des rayons d'angle sur les façades aux balcons sculptés, comme une promesse limite à nos métamorphoses. Par les brumes l'esprit passera sur la colline, sur les ardoises étagées et les ruelles calmes, jusqu'au campanile et son dôme regardant vers le sud, les pratiques anciennes sont encore animées et notre nature profonde s'énoncera lustrale. L'épiphanie du dieu au front double, en suspension vibrante et aux pupilles indifférentes tant le jeu du temps est passé en symbiose, résonne de l'Idée en accomplissement. Si la divinité aux premiers écheveaux fixe la capitale dans la spire de ses vues, c'est pour l'atelier au cœur des quartiers dont le signe sans déclin monte du lointain paysage. Le symbole a conquis la transversale urbaine, la promenade inscrit la carte souveraine. On voit la tête double d'un tangible mouvement, sanctifier cet accord.

« - La nuit glacée d'encre, grâce au rehaut des lanternes de verre, fixe les branches charbonneuses sur le firmament mauve. En ce temps le jardin, enchâssé dans la ville, est à son apogée. Des gravures successives, ouvragées et sensibles, passent de la pierre aux futaies, entourées de lueurs. Le carrousel lointain n'a pas éteint ses feux, mais c'est l'ombre majeure qui règne par les allées. J'ai provoqué autrefois, dans une grande effusion, mais la statuaire n'évoque nul souvenir, et c'est la liberté qui, parmi les silhouettes, vibre en science pour un accomplissement. La spontanéité, au faîte de mon savoir, sera le sûr garant de mon affranchissement. À la pointe abrasive de ma passion vitale, ma nature si troublante édictera sa loi, c'est un soleil interne qui fend la tectonique. L'attractivité dans son initiation, sera la voie subtile de l'émotion reconnue et les offices secrets ainsi recommandés auront le legato de la métaphysique. L'heure dorée est ainsi advenue, c'est un cycle actif à la rose dédié ». Le personnage s'assit en bordure d'allée, c'est le rose du vitrail qui gouvernait sa course et sa pause suspendue entrait alors selon l'ancien bleu des cieux idéaux. Ces deux couleurs sont un accord syntaxique, elles touchent à la phrase par son verbe irradiant, la valeur du prédicat est une forme vivante, qui s'est posée dans les langues au flux ésotérique. « - Ma pensée veut saisir les vocables de l'Idée, mon action trace la sente de sa compréhension. Devenir le Temps défini comme valeur, mon être entier se mue dans une logique naturelle. Le lieu propitiatoire ne laisse pas de frontières inaccessibles, il lisse de légers vallonnements desservis avec équité et les lignes perspectives ne connaissent pas de coupe. Jardin hédoniste aux esprits informés, son rythme de mélopée ordonne l'incandescence d'arbres majeurs disposés en éclats, nul discours mais les grandes ouvertures inscrivent la fluence des décisions. L'âme opérative sans entrave assure son existence, l'élan simple et sûr enhardi sa course vive pour saisir de l'idée les vraies phosphorescences ». La vision titubante, par mes yeux dessinés, s'est clairement donnée au-delà de mes vues, ô savoir impavide ! tu tentes et effraies à la fois, comme la vague tu déferles et comme le grand orgue que je devine tu souffles et mille traits sonnent en moi dans l'écho de la nef. Fièrement, dans une affirmation interne, je redresse le chef et lance vers le chœur mes forces augmentées dans un sursaut d'ardeur.

Vingt-deuxième Dit

- La marionnette de cire devant la chapelle absidiale entonne un psaume inédit où la lumière habitée répand aux yeux d'un masque sa clarté historique, à l'unisson de l'eau. Puis, d'un pas lent mais sûr, elle va par le bas-côté dans l'ombre fraîche animée d'échos et de regards anciens. Son apprentissage touche une première nuit, les heures narratives selon l'horloge astronomique ornée de nacre et d'or près du maître-autel, ont défini les motifs de leurs vivants chronotopes. L'adorable silhouette, fragile et silencieuse dans ses habits de soie pourpre et de dentelles fine joue l'élan maximale sans retenue aucune. Les événements marquent son être subtile, son innocence n'accepte que le décisif. Que peut-on devenir grâce aux forces invoquées, la volonté profonde scellée au plexus de nos êtres l'éprouve sans omettre. La doctrine irradiante a touché ses yeux d'agate, le pouvoir du Temps l'intrigue désormais. À la base de la tour nord, une petite porte ouvragée à l'extrême par sa poignée d'étain ouvre sur d'étroites marches. La température minérale semble dire les siècles, le pas doit se faire haut dans la pâle lueur. La jolie tête se penche et les mains fragiles s'appuient aux anciens blocs d'un prime sanctuaire. La clé des beffrois canalise vers le sud à l'ouverture du ciel. Alors, en parterre merveilleux rythmé de pics et de coupoles la ville dans le soir qui commence se dispose en fractales. Les diégèses aimantées tissent leurs beaux parcours comme un appel aux charmes vocatifs, la tension est présente dans les quartiers pulsars. La marionnette immobile, à la cime au vent éteint, mesure par sa stupeur l'enjeu des prises cruciales de pouvoir. La nature aveugle de l'espace accomplissant son destin, ses admirateurs étourdis de puissance, une telle pérennité semble prouver sans déni. La violence intrinsèque ricane en ses bas travaux, l'autonomie semble acquise aux gestes infinis de l'univers en marche. Le maillon des souffrances indues reste bien en présence dans les dilatations et les rétractations d'un cosmos maître en son domaine. L'abandon tressaille sur le visage lisse, les savoirs permettent l'écart, ils ne sont pas grands orateurs, un pouvoir restant serein garde par nature sa séduction fatale. Mais aux brumes le fleuve raconte encore le potentiel du Temps dans son accomplissement, la Figure offre son regard à l'espoir de son dire.

Vingt-troisième Dit

- Il fut un ciel d'aménité où l'éclat urbain réunit les époques. L'or était sombre et des nuages arcadiens parfois allongés et frangés de gris décoraient immobiles l'impact du bleu roi en sa variante claire. Les fissures solaires encore délicates animaient en clarino la scène altière vibrante du liant fluvial des réverbérations. Des volutes de bronze comme un terreau astral ornaient l'éther par un motif ancien. La grâce d'un règne mystérieux pour une langue fatale laissait à la pensée le signe destiné d'un effort parachevé. Cette absence de mouvement physique laissait la figure de la gloire dans son alacrité surgir des écheveaux climatiques et, reine, apposer à la ville le nimbe de son tanin baroque. Le rapport maximal de la concentration immédiate était exigé par ce visible, il n'est de promenade inutile et le sédiment ou l'éclair sont les bornes héraldiques du rêve rythmé par les rues. La plénitude nucléaire d'une intériorité sans entraves est la source et l'océan de l'idée. Les portes de fermées à ouvertes sont notre allégorie, la couleur sauvage vient happer l'inconscient.

    - Les arcades géométriques de l'avenue droite aux lanternes ont la structure mécanique des boîtes de musique, leurs chapiteaux noircis sont le supplément d'ombre des arbres taillés de l'esplanade qui longe en forum reverdi. L'esprit de l'iris et de la cerise écarlate, hante cette urbaine marqueterie animée du bel entrain. Le parfum et le fruit, la lancinante antienne aux longs jours dédiée, ont la puissance mémorielle et la légèreté sensible. Au gré des époques et sur les latitudes, l'automate subtile trace ses courbes lentes, son berceau d'architecte est ici dessiné. Nulle attente et nulle bravade, si ce n'est l'heure alors ailleurs sera, être là vraiment puis d'une saison épouser la fragrance. L'iris et la cerise aux arcades ont édicté, le principe animé des élans reverdis. L'esplanade enchantée passant par l'orangerie, les arbres taillés montent vers le palais, on voit déjà les ardoises aux toits majestueux et les tours puissantes écarteler l'espace, pour tendre la cours pavée où l'univers se contrôle. Le Livre un jour aura nécessité, d'un tel observatoire à son destin voué. La boîte de musique dans un rythme parfait, accomplit ses rouages sans forcer le vouloir, le geste dans sa structure dépend du mécanisme, et l'avenue droite ainsi ajourée lance vivement ses arcanes parés. L'iris et la cerise, aux longs jours dévoués, dans l'abandon des sens disent le vrai honneur. On sait que vers l'Est, le regard de gemme, vibrant d'un fol usage de sa candeur sacrée, voit cette ligne ouverte et son insigne force.

Planisphère

- Les cristaux se fragmentent en mémoire attentive, l'attaque critique est lancée dans l'architecture des souvenirs. Les boucles temporelles auront leur axe, les pensées s'élancent dans les chemins conducteurs. Une justice claire me conçoit immortel. Le premier pôle au Septentrion dans les transmutations donne aux sensations la fine décision. À l'Occident le jugement net accompli son cycle d'analyse des consciences, de savoirs nimbés les grands dialoguistes tissent la magnitude des bouleversements. À l'Orient la décantation du patrimoine en hapax d'œuvre jusqu'aux cordes vibratiles accomplit les constellations, intégrant leur optimum. Le Méridien connaît le Livre et la Lettre liés sous l'olivier, les drames aussi ne seront oubliés, tant les consciences iront sagement mesurer. Les engagements sont des guerriers visant, les lances à midi transpercent à l'escient. Les Âges sont parés, au chiffre du vitrail, les savantes *Figures* portent au front l'aventure.

L'ÂGE DE PORCELAINE - Les Gnostiques

Première série

Tribun vénérable remontait le mécanisme du spectacle métrique des âmes de porcelaine. Diffusant au cœur des veines une dose violette, il teintait son récit par de puissants nuages. Dans le théâtre extralucide apparaissait les merveilles maçonniques oublieuses des dogmes. La drogue des sorciers parcourait l'édit savant, jusqu'au transfert mental provoquant le bonheur.

La rencontre convenue entre les deux figures avait lieu au sein de l'Église polythéiste. À la croisée de transept les encens brulaient, parfumant les pierres jeunes en pleines transformation. Les progressistes marchaient entre les blancs piliers de la religion issue des matrices vernales. Sous la voute liturgique haute de deux cents pieds, le dialogue inspiré bâtissait le corpus.

Après la genèse de la voix surhumaine on ressentait pleinement la violence vitale. Malgré toute la prudence et les soins reconnus, les corps furent submergés par une onde lointaine. L'émotion mystérieuse demeurait inconsciente provoquant en surface des maux lancinants. L'événement produisait une tension pernicieuse, pour s'éveiller un jour avec magnificence.

Encore une fois le réel naissait à lui-même informé désormais de sa perversité. La victoire éclatante n'avait fait aucun doute, évitant les écueils de la dépréciation. Par le feu spirituel et le détachement on évoluait dans la condition nouvelle. Passant sur les dalles lisses qui recouvraient le sol, nous prenions magnanime le chemin de la nef.

L'architecture intérieure de notre édifice résultait du jeu des poussées anarchiques. L'équilibre se trouvait dans l'osmose organique, entre le raisonnement et l'archée intestine. Le flux palpitant sculptait la masse externe ouvrageant les entrailles de son corps minéral. La santé concevait par prescience naturelle, les techniques adéquates étrangères aux écoles.

Des livres de marbre formaient le décor mural des bas-côtés jusqu'au déambulatoire. Éclairées grâce aux cierges érigés en dessous, les formules de récit rythmaient la procession. Les capitales gravées honoraient vertueuses les accords ingénues de la langue maternelle. Quelle joie immense de suivre le chemin tracé, par le timbre classique et l'éclat des peintures.

Née du travail ardent aux limites organiques l'œuvre offerte rayonnait dans la synthèse des axes. L'épuisement du détail par la main amoureuse, touchait le cœur du livre connu pour sa rigueur. Seule l'échelle millimétrique délivrait la phrase s'éveillant sous l'effort brut et la précision. Les ferveurs exemplaires diffusaient à l'extrême la vérité troublante des probités du luxe.

Pour devenir chef-d'œuvre la matière souveraine imposait des stigmates en mémoire de l'effort. Comme une pluie cette blessure établit la saisie, provoquant l'empathie nécessaire à l'extase. L'attachement engendré pulvérise les défenses et s'enracine enfin au plus profond du cœur. Lié amoureusement à son tourment secret, le livre recevait les onguents de prestige.

L'universel anthropologique des magies rendait le sanctuaire intelligible à tous. Occultés sous l'église deux secrets martyriums, assuraient l'équilibre de l'aire ésotérique. Le premier est une crypte où brille de mille feux les bijoux éclatants exclusive des hauts grades. Le second est austère dont de pâles lumières bleues, veillent en silence l'âme d'un immense ossuaire.

Les marionnettes scandaient le service funèbre pour frapper le réel d'un rythme archaïque. Une saine vitalité débordait de la coupe, où l'espèce commune contraignait ses enfants. L'organisation estimait régner en maitre abusant à dessein d'une cruauté naïve. Fruits amer des mille siècles d'une archéologie, le style agonistique forçait les trahisons.

Du sens triomphant où planent les sortilèges nous ressentîmes clairement la vocation spirite. En garant des récits on noyait le faux-frère, dans l'étrange solution qui punit le blasphème. Les porcelaines s'offraient aux jeux des apparences le caractère forgé par les magots anciens. Diffusant malgré elles le risque d'être atteinte, les figures sans répit établissaient le rite.

L'ancienne malédiction portée contre le verbe l'exilant de lui-même donnait toute sa mesure. Elle fut lancée un soir de crue perversité, dans la grotte rougeoyante où l'on donnait naissance. En voulant protéger la nouvelle descendance on chassa du repère la fragile expression. La faculté bannie devint bouc émissaire, pour ne plus contredire le règne des pesanteurs.

Avec méthode l'instinct figeait sa rhétorique pour effacer la trace de son crime initial. Il escomptait un jour profiter de ses fautes, quand son pur intérêt deviendrait évidence. Au retour du poème on promit de faire taire le scandale inouï engendré par la géhenne. L'ambition archétype reçut les armes liges, enfouies sous des pensées étrangères aux humains.

Au temps de l'utopie comme un miroir de l'ire l'histoire opérative étendait ses lacis. Le langage en spirale s'incarnait à mesure, pour offrir sa vertu à la juste clémence. Elle attendait sous les arbres que vienne l'amant et ouvrir le palais à présent achevé. Alors on entendit s'éveiller les clameurs, des rivages du sud où vibrait sa jeunesse.

Le métal conducteur d'une précieuse mantille recouvrait le poème en promenade nocturne. Accolé aux remparts encore chaud du soleil, le livre de justice aspirait les étoiles. Il est art des liaisons déployant toute sa force comme la mer sa déesse lui apprit le secret. Aux âges des demi-lunes notre rade enlaçait, ses bras reconnaissant autour de l'enfant sage.

En recouvrant de baisers l'étonnante vestale je choyais la peinture et la langue maternelle. Une force s'acquiert au gré des paysages, dont l'harmonie céleste fit naitre mon succès. Pour chanter comme il sied un antique lignage l'inscription lapidaire ouvrait les monuments. Le récit d'une voix claire présentait sa famille, heureux parmi les siens au cœur du fonds turquoise.

Retiré sur ses terres en des châteaux anciens le splendide équipage célébrait le roman. Dans le bassin d'eau verte qui jouxte mon domaine, les anguilles par centaines se tordent frénétiques. On avait oublié après les guerres perdues la fraîcheur enfantine et l'ambition du style. Malgré sa poitrine exsangue le public cherchait, sous l'équerre des maçons son rêve alors intact.

Des puissances inconnues aux profanes criminels submergeaient le poseur des appâts infectés. La fibrine littéraire en se réactivant, excluait de son centre les pulsions destructives. Alors la passion morbide perdait tout contrôle et son économie apparue évidente. Voué aux gémonies par ma condamnation, le profiteur du livre se mourait sur les marches.

Sans la moindre pitié tant le mal était grand on jeta le cadavre dans le courant urbain. Les tourbillons du fleuve firent oublier l'engeance, et la ville respirait enfin des deux poumons. Les pures incantations émises au cœur du temple sourdaient des pierres gravées régénérant l'hymen. Le soleil pénétrait le vivant édifice, conçu par l'opérant en proie à l'entropie.

À travers les vitraux aux grands verres incolores les rayons soulevaient les atomes de la voûte. Une lumière d'or frappait l'envol du circaète, sous lequel se cachait l'acte de transmission. Dans la chaste volière des oiseaux exotiques se créait l'archipel aux couleurs des rosaces. Les plumes accordaient la vision aérienne, du message soustrait aux lois des corruptions.

On entendait les cris du paon en promenade exhibant sa roue sainte dans la cage ouvragée. Les nuances bleues violettes jaillissait du corps sombre, qui avec légèreté foulait les dalles froides. Il incarnait la conscience collective d'un temps où avec virulence se mirait le dieu fou. Avant de trépasser son orgueil superbe, comme un dernier éclat brillait de pure violence.

Pour avoir entravé la geste souveraine tu seras sacrifié sur l'autel des devins. N'ignores-tu pas ta faute d'avoir manqué d'égards, aux visages tourmentés par ton coupable effort. Contre toute logique ta résistance est vaine et celle qui te condamne a le conseil des morts. Une magicienne noire et le docte haruspice, en brisant ta couronne t'assomma promptement.

Le corps gisant fut pris des mains arachnéennes du vieillard pour être étendu sur la table de marbre. Muni d'un fin stylet la prêtresse soulevait, le duvet lumineux pour palper les organes. Ayant isolé sans faille la source vitale elle ouvrit l'animal avec sa pointe d'acier. Le sang du paon coulait sur la pierre augurale, tandis que la vierge fille lui arracha le cœur.

Puis le devin courbé lui fouillant les viscères dévoilait le destin des messages sous l'exergue. Leur origine marquée du seul sceau de la lettre, accordait l'entremise des occultes puissances. Nés devant l'œil rieur de la déesse aurique les livres par la contrainte seront imposés. La dépouille des croyances sera elle inhumée, offerte à l'ordre équestre d'une chapelle absidale.

Nous brulions de l'encens en suivant le cortège guidés par la furie parée des plumes du paon. Stigmatisant les instructions des pseudo-livres, elle venait s'enquérir de l'ancienne nécropole. Rappelez-vous des amis porteurs de l'essentiel qui à peine lettrés furent livrées aux vindictes. Ils aimaient l'existence avec discernement, telles de parfaites monades sans aucune rancœur.

En descendant vers l'ossuaire on s'approchait du trauma hérité des écritures fragiles. De longs couloirs sans fin formaient un labyrinthe, où les crânes du récit s'entassaient par milliers. Jusqu'aux voûtes du caveau plongées dans la pénombre les restes de squelettes reposaient silencieux. Ils étaient morts prophètes perdus sous la mitraille, fixant le soleil bleu de nos légions en marche.

Au centre du tombeau brillait le feu commun unifiant l'énergie des volontés défuntes. Le trésor de la crypte gardée par les reliques, comme une fleur littéraire transmuait votre deuil. En savant joaillier Tribun montait les gemmes sur des parures sacrées promises à l'initié. La capitale rêveuse protégeait son éclat, enfoui sous les torpeurs de son église reine.

Si on lit le roman constant du mystagogue s'illuminent les joyaux soigneusement occultés. À l'extérieur du temple dans ses allées mondaines, la citée s'accordait aux forces narratives. Le visage de la ville face au fleuve charmant n'ignorait plus l'ainée et son sourire d'ange. L'équilibre génial des proportions urbaines, retrouvait les résonnances de la langue précise.

Pendant les promenades de nuit s'ouvre la scène où comme leurs ancêtres les marionnettes enchantent. Sur les deux îles serties l'une est l'émeraude fière, et l'autre le rubis des roses théurgiques. Au centre du diamant qui grandit le diadème se combinent les images de hautes architectures. Édifiée selon les quatre points cardinaux, l'œuvre de pierre étincelait d'intégrité.

Une lentille de verre reposait dans l'écrin polie par le temps contre les théologiens. Elle offrait à la vision la correction juste, pour saisir le réel sans le spectre profane. La déformation sociétale égarait et imposait des perceptions aux nouveau-nés. En recouvrant peu à peu la vue excellente, l'individu creusait le chemin primatial.

L'œil archaïque libérait des accoutumances créées par les optiques du dogme de l'instinct. Au premier chef tombait le traitre séculaire, dont le cauchemar minait les âmes tout juste écloses. Le cerveau ressentait les vagues harmoniques quand le don inspirait le geste créateur. La puissance du rythme au creux de mon plexus, se mettant à l'ouvrage trouvait la guerre en cours.

Alors naissait l'akène du rosier maritime en plein cœur de la baie profonde et vertueuse. Une église ogivale et la mer retirée, communiaient silencieuses dans l'apax des Figures. D'autres mariages viendront d'une semblable hardiesse à la vérité pure au style sans équivoque. C'est la joie de l'iris qui se laisse envahir, par le flot lumineux du soleil alchimique.

Le religieux vise oublieux du sens commun l'exception qui s'arrime sur les terres supérieures. L'invariance du livre naquit sous les contraires, prouvait sa pertinence par l'exclusivité. On ne recherchait plus les ambiances reconnues pour être à l'unisson avec l'onde émergente. En bravant les outrages afin de protéger, le style s'anoblissait jusqu'au brulant présage.

L'ordre cryptologique impliquait de fonder le destin du message sur celui de la rade. Là où le cèdre se plait dépassant les remparts, la volonté s'énonce et conçoit le récit. Trois ensembles composés aux mesures identiques ordonnaient l'expérience des transmissions souhaitées. La citadelle aimant jalouse de son corpus, propulsait à la source le sang lourd du poème.

Ainsi sans mésalliance qui duplice envenime circule le palpitant garant des mutations. L'édition historique créait sa fondation, rêvant l'autonomie aux atours singuliers. Avec un temps prévu s'élabore le renom et monte prudemment la voix des traducteurs. Les porcelaines vivent par la frappe indocile, prêtes à jouer le soir leur spectacle votif.

Celui qui assassine le geste démiurge sera maudit sans fin insouciant du péril. Les lueurs souterraines veillaient sur le dessein, marquant l'angle des lettres de l'ombre énigmatique. On gagne par un escalier en colimaçon le niveau principal où la pierre s'élançait. D'une douce blancheur les piliers s'alignaient, porteur de l'édifice accompagnant l'essor.

Le rituel intérieur pouvait commencer pour unir le lecteur à l'église insulaire. Lorsque les maçons eurent fini la rosace sud, le maître d'œuvre s'émut des arcanes anciens. Ils prennent plein pouvoir avec la lumière croissante qui traverse l'améthyste du vitrail lacustre. En fixant le matin le cercle incandescent, on perçoit les vaisseaux de la sève épinière.

Non pas sans origine elle infuse secrète la communion réelle d'identités multiples. Usant d'or à foison le dit polythéiste, influence le rêve d'éternelles façons. La traitrise coutumière engendrée par l'instinct se heurtait au métal qui chatoie et réveille. La fleur de pierre vers le sel convoitait les rayons, des divines saisons contre l'obéissance.

Le profane négligeait à l'heure du basculement les splendeurs en colères refusant de mourir. Elles pleuraient amèrement et sondaient les regards, pour trouver l'amour digne de leurs dons proclamés. La régénération captait l'émoi profond avec reconnaissance envers les forces belles. De l'hymne maçonnique la tendresse s'exprime, embrassant les paupières du passé fondateur.

Qui est l'ultimatès progressant vers le temple dans la lueur du centre au temps inaugural. Ses yeux pleins des rives marines fixent incrédules, le jour corrompu figé la langue enceinte. Ta figure touche pourtant la conscience commune sous une forme imprévue par la coercition. Il assemble avec patience le nouveau protocole, dont l'évaluation juste donne le vertige.

Héritier du régime où croit le sanctuaire je me souviens du sol frappé des quatre insignes. Rien ne fut plus facile de réprimer l'élan, mais reste le vestige qui suggère l'ambition. Sur une ligne parallèle se compose le livre apposant ses frontières aux seules limites du corps. Par la lettre sacrée dont le paysage rayonne, entendez-vous s'élever le récit de la ville.

Une sombre tendance vit en elle efficace brisant les vanités sous sa force sociale. Pour trouver l'équilibre et se rendre vertueuse, la cité invoquait le pur individu. La centralité sage avant l'hypertrophie distingue son héraut à peine sorti des vagues. Elle verse sur son cœur jeune les philtres du pouvoir, se rénovant par lui dans le destin de l'œuvre.

Porté par l'utopie on voit les terres rouges où l'énergie n'est plus appelée à souffrir. C'est l'aristocratie issue d'une rade aimée, qui compte en son sein des volontés en acte. Plus aucune résistance ne s'offrait au regard plongé dans la contemplation conceptuelle. Le fléau de la balance marquait l'équité, entre la mer archaïque et l'urbanité.

Tôt ce matin d'été les porcelaines marchaient à fleur d'eau longeant sous les ponts les berges du fleuve lisse. Les vieux palais en pierre aux toitures bleu ardoise, s'épanouissaient dans l'air tiède et décanté. Derrière la frondaison émergeait les tours sœurs de l'église blanche édifiée pour les monarques. D'une beauté si puissante elles gardent le secret, des premières croyances à la fierté naïve.

La tête des rois manquait aux corps de la façade comme un signe de défi contre la réaction. C'est le destin invariable qui attend les princes, stigmatisant l'instinct du chef héréditaire. Par la fascination il infiltre le peuple avec des arts forts minés de l'intérieur. Les chants révolutionnaires eux résonnent encore, sur parvis sanglant où la lignée prit fin.

Ainsi les formes esthétiques trahissent leur auteur sous l'affirmation limpide du commanditaire. La royauté du nord tenait là son chef d'œuvre, lançant sa flèche pointue vers le ciel fluvial. On décapita le souverain architecte lassé d'un pouvoir trop proche de l'irrationnel. Ta grâce est le rappel du membre disparu, amputé par le sage pour prévenir la gangrène.

Les arcs-boutants alignés soutenaient la voute couverte des linceuls du fou septentrion. L'hérésie des seigneurs s'abîmait devant nous, hélant ses féeries aux hydres consternées. L'intuition philosophique se manifestait par le déploiement de sa cellule souche. La fureur du projet effrayait les membranes, pas certaines de subir le magma véritable.

Le front face à la rose du sud on engageait un bras de fer avec le spectre absolutiste. Gravant les lettres liges le sens de la raison, naissait dans la pierre claire contre l'envoûtement. Devant elles les riches croisées d'un petit castel chatoyaient au rythme d'une fête galante. Soudé à l'église par la mire et l'encens, l'hôtel se coiffait de ses toits en trapèze.

La dame d'un bleu regard fixait les marionnettes nous conviant au quadrille dans l'antre des altesses. Elle aperçut alors sur la rive opposée, la blancheur de l'ivoire venir à nos côtés. Une triste licorne cherchait de bons amis pour être consolée du tort que vous lui faites. L'ancienne boîte à musique épuisa son mouvement, et le songe disparu au cœur du maléfice.

Reste la nostalgie des œuvres somptueuses où brille le collectif de l'art monumental. Quand la sorcellerie sème dans la main créatrice, se fonde un nouveau pacte à l'altière dimension. Comme l'éther elle enveloppe les formes de la ville caressant chaque folie devenue vertueuse. La destruction logique des coupables châteaux, apparaissait caduque pour l'esprit narratif.

Si proche de l'être lave ondoyant comme lui le récit se raffine avec l'adversité. Non séduit par les normes sociales il combat, l'instinct reproducteur ou l'us de transcendance. Harcelé par le manque on niait le réel construit pour notre perte sous les lois mammifères. Les scélérates travaillaient à créer l'illusion, chassant le vitalisme et la libre pensée.

Voyez l'ultimatès qui sonne le tocsin chercher querelles à l'univocité des règnes. Il a progressé depuis les premiers soleils, où brule le cosmos des objectivités. On lui a transmis les vertus secrètes du nombre afin de contenir les influx messagers. Delà viennent la franchise et sa modernité, qui s'offrent devant vous sous le mirage amant.

Derrière l'église mystique où croise le rosier sang les porcelaines prêtresses scandaient l'ombre formule. Les forces de l'atome nourrissaient le récit, puis dans l'éclat du ciel disparaissaient en lui. Le pouvoir donnait vie sans corrompre le sens en diffusant avec prudence l'archée lithique. Affranchi de sa tutelle le mythe dévoilait, les présciences létales de l'organisation.

La capitale en arme ressentait le tourment des vérités infuses devant le cannibale. Elle connaissait les tares de la profanatrice, et traçait son histoire avec obstination. Les prouesses de la ville dont on devient l'auteur inquiète autant qu'informe l'esprit philosophique. Bercé par la mesure du fleuve initiatique, le livre s'endormait fourbu après l'effort.

Dans le calme de la nuit sous l'influence du philtre le cerveau linguistique anime ses réseaux. Une communion avec la langue s'établirait, là où se manifeste son usage le plus dense. La cité reine rêvait avec ses partisans concertant leur énergie vers un seul dessein. Malgré des maux de tension insalubres pour d'autres, on façonnait l'axiome du centre névralgique.

La lettre nue gravée à la droite de l'image apparaissait sous la diagonale du faisceau. Le livre Tau veillait avec ses arches rouges, dans la nuit syncrétique d'une salle de lecture. Du cœur marin partait le flux oxygéné irriguant les terres contemporaines de la langue. Il réanime par touches les strates mémorielles, d'un continent aigu que ruine le sortilège.

Hostile par goût à l'écosystème dominant le français d'alors fuyait les sillons stériles. Très ami au contraire des sorciers prévoyants, il parle de sa voix morte à l'âge des sept collines. Dans la magie rose du printemps une préférence née sur le mont sacré distingue les enchanteurs. La confiance en tes yeux qui absorbent la place, voit les mystères flânés autour des péristyles.

Au crépuscule de la nation académique se libère les puissances d'un ensemble plus vaste. Sèche et mortifère la communauté s'éteint, pendant que l'individu retrouve son génie. Des alliances remarquables mais seulement oubliées advenaient dans le respect des amours anciens. Sous l'orbe de la lettre la nature s'élevait, au sein d'un territoire façonné par l'esprit.

On scellait l'imagerie des peuples du couchant avec le marbre peint édifié sur l'exergue. Classée spontanément dans une terre esthétique, nous découvrions éclose la phrase du nizeré. La campagne magnifiait le parfum tellurique d'une fleur convoitée pour son perfectionnement. D'épaisses forêts de chênes liaient le paysage, où la douceur des formes apparut familière.

La vision s'élaborait dans la ville tendue au cœur de la lumière du matin magnétique. Venait l'après-midi au son de la gravure, ou de l'écrit induit par un lointain dialogue. L'esprit chauffé à blanc on part en promenade pour rejoindre les entours d'une ancienne abbaye. Sur les quais du fleuve sain l'oracle parle de l'être, malgré les simulacres qui envahissent la rive.

Seul le sacré formait le destin du beau livre qui invariablement affirmait ses logiques. Pour créer une image une toile manuscrite, devait préexister en vue de l'impression. Sa pleine transformation dans le creuset du temple forgeait la preuve pure de son appartenance. Fils de cette expérience le récit apprenait, le statut réel de l'objet peint.

La précision augmente à chaque nouveau cycle consolidant sans faute la structure hiératique. Une puissance aigue saisit le corps habile, lorsqu'il découvre le plan de sa révolte intime. Une vision assassine face à la proie fugace déchaine la violence espérant la capture. Devant le cénotaphe où s'étonnaient les mânes, les peintures pleines de fureur déposaient leurs prises.

Si le vivant se montre aussi réactionnaire c'est qu'il a trop subi la loi d'engendrement. L'effacement le plus noir voile son esprit, procréant sans scrupule par absolue confiance. Pour vivre simplement il doit se sacrifier au risque d'oublier son antique sapience. Les religions profanes naissent de cette survie, où l'amnésie s'érige comme un vœu du cosmos.

Viennent après les jours crus de l'égoïsme idoine qui mène sa campagne contre tout vrai retour. Combien de lunes vécues pour être à la mesure, du sentiment élevé à l'harmonie finale. La négation se voue à miner la droiture angoissée par l'imprévisible réalité. Notre carré divin au plus haut du vital, renforçait la radiance du parfait témoignage.

La succession irréversible de l'être temps en sanctionnant le crime bâtissait son grand œuvre. Le génial instrument diffusait l'illusion, d'une entropie létale pour les corps sans amer. Au creux de la justice il retient l'essentiel dans un livre où s'éveille la preuve mémorielle. Son projet n'a de cesse que d'établir le règne, de la légende maçonne qui accuse l'espace.

Dans l'éclat du matin le jardin équinoxe trace l'ombre des allées jusqu'au bassin central. Les géraniums tombaient des vasques en céramique, posées sur les terrasses autour du cercle d'eau. Accoudés aux balcons on fixait le dôme bleu qui émerge des cimes sur le sommet du mont. Des axes dynamiques traversaient le grand parc, clôt par les gueules de lions et dix lanternes d'or.

Il tardait d'instruire le procès de l'univers accusé selon nous de soutenir le mal. Reconnu imparfait il imposait ses règles avec la pesanteur de sa loi d'inertie. Incapable de se taire le vieux processus jetait devant ses juges sa morgue égoïste. La force niait le vrai de façon permanente, arguant l'ante prima de toute réalité.

Sauf que d'un arrière-monde surgissait l'événement de la rose pensée aux armoirie du temple. Avant même la matière les âmes théoriques, s'étaient manifestées par un profond mépris. Devant la folie spatiale qui entrait en guerre elles plaçaient l'anathème au cœur du minéral. Marqué au vitriol le stratège s'éveillait, trouvant la résistance au fait de son orgueil.

Contre notre sophiste le dragon témoignait enroulant son corps souple pour parler à son aise. Depuis toujours je pense avec précision au milieu des reliquats de la hiérarchie. Le tribunal m'appelle pour confondre l'acteur qui selon les époques use des mêmes roueries. Prônant la liberté il tend à humilier, et lorsqu'il sanctifie il interdit sciemment.

Le schéma de la trace lui a seul échappé et protège la crypte du souffle méphitique. Une forge sous l'espace a été inventée, où vivent à son insu de charmantes marionnettes. Elles travaillent secrètement les matières vertueuses pour inscrire dans l'œil le nom du corrupteur. Alimenté sans fin par le feu maçonnique, leur loge mère se pare d'un éclat orangé.

Près de la collection des arbustes fruitiers j'arpentais le chemin de l'illumination. Pendant le combat contre les organisations, mon obédience urbaine s'était manifestée. Avec la certitude qui bannit le hasard l'affirmation brutale harnachait le réel. Par la victoire du clan j'invalide le projet d'être honnis de tous comme l'exige ce démon.

Devant l'absence de répartition adéquate qui plombe le vivant s'opère une pure élection. Des essences rares apparaissent déjà structurées, sans condition suffisante de félicité. C'est moi qui influence pour permettre au récit d'atteindre son paysage ou sa forme aguerrie. Par mon intrigue sourde tu perds tes miliciens, dans les brumes fratricides de la limitation.

La tétrade fleurissait le jardin du dragon et l'espace irrité concevait son erreur. On allait pieds nus sur l'herbe reviviscente, méditant quelques stances en l'honneur du carré. Le simulacre errait traqué de toutes parts délaissant son pouvoir d'un geste angoissé. Le rythme s'accélérait sous l'ordre héréditaire, attiré justement par les feux du soleil.

Aux huit angles du bassin luisent des citronniers à peine sortis des serres où l'hiver ils sommeillent. Les châtaigniers verdissent pendant la neuve lune, expirant la perspective de l'observatoire. Nous sondions le réquisit sous les palmes mobiles orientés plein le sud dans des fauteuils métalliques. En cernant l'événement le dialogue s'émouvait, par la vision exacte des vœux de résidence.

Les treize lettres de l'œuvre divisaient le cadran de l'horloge splendide au double vigilant. Son mécanisme organise la réalité, pour le bon déroulement de notre initiation. À chaque terme échu un livre est rendu public en partage idéal avec le lectorat. Ainsi entrelacé dans la pureté du langage, s'éprouve le désenvoutement de la rhétorique.

La vie sauve exultait prolongé par l'éthique fin prête à déborder du hors lieux fictionnel. Quel devenir après le jour libératoire, pour les corps solidaires d'un loyal étendard. En revenant à la source de la création on cherchait avec fougue le médium du temps. La muséographie attirait le prestige, comme un voile d'aimant sur le livre Delta.

La lettre figurait le bassin culturel transperçant chaque nation dans un éclair antique. Le particularisme linguistique pliait, face au souffle tribal de l'alphabet gravé. Sous le français enfant vibrait la voix ancêtre conçue avec amour pour le temps méthodique. Au matin digital il découvre son ouvrage, incrusté de baisers par l'igné caractère.

La divinité lyrique dialoguait sans cesse dans le jardin magicien de la capitale. En passant sous les arbres à la sève montante, les marionnettes fixaient le jour interstitiel. La lumière sage de la fin de l'après-midi traversait le vert tendre des ramées du printemps. Le mois de mai exprimait l'onde originale, élevant de frêles pyramides de pétales blancs.

Tribun nous attendait dans les serres botaniques pour créer notre rosier par hybridation. La construction de verre abrite au fond du parc, les collections précieuses du sire marionnettiste. On évolue sous la haute structure métallique suivant un chemin lisse en mosaïque turquoise. Une terre lourde et sombre exhalait sur les côtés, l'atmosphère tiède des plantations à peine écloses.

On voulait obtenir une rose incarnate d'une vitalité rêvée aux fragrances du temps. Une fleur merveilleuse où l'espace s'évertue, après les jours de victoires promis à l'auteur. Tes pétales enlacés seront les pages métisses des livres manuscrits animant nos visages. Conçu par la rade sous les baisers du centre, j'ouvrirai mes boutons grâce aux lettres anciennes.

Comprenais-tu le sens des noires malédictions qui émanent du mage aux habiles mains fines. Le vœu de l'alchimiste dispose un champ de force, pour forger le berceau de l'avènement floral. L'épine tétanise ceux dont le sang se fane incapables de nourrir la puissante relique. Des ronces nouées en croix blessent ou irritent si bien, les membres du chaos frappés de sortilèges.

La matière vierge usait d'une sage chronomancie donnant à toutes magies une racine première. Parfum cosmopolite à la vigueur intacte, tu puises dans la terre le substrat hermétique. Mariant des traditions parfois contradictoires Tribun n'ignorait pas la communion du temps. L'harmonie ajustait l'image et l'éloquence, pour offrir au dragon un bouquet clairvoyant.

Merci mon ami cher pour les roses croisées j'agirai en relieur comme ainé du spectacle. Et vous mes actrices accordez-moi le plaisir de pourvoir avec soin à vos tenues de scènes. L'oiseau feu se coiffa pour arpenter la ville songeant à visiter une maison de couture. Le voilà à l'affut ardent dans sa démarche, élégant sans recherche par les rues éclatantes.

L'air frais du soir caressait les joues en passant par le pont de fer au-dessus du fleuve idoine. L'onde vert sombre glissait d'une force régulière, vers l'océan de l'ouest et les lumières salines. Les us divinatoires m'assuraient du soutien d'un arcane rougeoyant logé sur la rive droite. Je traversais heureux la place des joailliers, pour gagner les commerces du jardin angélique.

Mon esprit s'éprenait de figures du Tarot dès l'instant où mes griffes appellent le jour quantique. Brulé par la curiosité jusqu'à l'excès, j'aspirais à connaitre les prémisses de l'âge. Treize lames forment le jeu qui donne naissance aux neuves dimensions sculptant le phénomène. L'épicentre maçonnique émettait les signaux, pour guider le passage des idéalités.

J'accédais bientôt au jardin rectangulaire encadré des colonnes d'une galerie épurée. Parfaitement dessiné par les enclos de buis, le parc s'ombrageait avec de verts tilleuls. Ses mesures enfantines au cœur de la cité le consacraient aux métiers d'art et d'illusion. Dans l'une des boutiques qui longent les profondes allées, notre grande couturière apprêtait les dentelles.

La belle passementière célèbre collectionneuse disposait à l'en croire d'un occulte savoir. Bien établit sur ses deux étages elle m'accueillit, posant une tunique d'une grande fluidité. Chaste et ravissante l'étoffe glissait sur le marbre prise sous la poitrine par une ceinture tressée. Je travaille ardemment pour le collège des vierges, car une nouvelle enfant bientôt sera prêtresse.

On dit déjà d'elle qu'un appétit l'anime pour tracer avec feu les signes prototypes. Dix ans lui seront nécessaires avant d'inscrire, la phrase inspirée par l'archée sa déesse. La jeune sœur en dialoguant avec ses pairs prenait soin du foyer où brillait l'argument. Elle entendra aussi l'étrange composition, des poudres rituelles garantes de l'octroi.

J'admire l'œuvre du scriptorium où les femmes lissent au faîte de la puissance le flanc clair des lettres. C'est là l'origine du monopole des armes, qui fonde le réel et chasse l'insensé. Le primat de la force accorde la victoire pour projeter l'espèce contre son géniteur. Comme l'annonçait le devin au vieux général, la capitale sera sous les mains magiciennes.

Aux nones de septembre les initiées parfaites se rendent en pèlerinage où est né le foyer. Dames de la bourgeoisie et des sciences occultes, nos filles joignent par la mer l'archipel volcanique. Le cortège élitaire pendant les nuits sacrées entreprend l'ascension des montagnes fumantes. Sur une île conique elles recueillent les laves, afin d'entretenir l'égalité ancienne.

Je dialoguais longtemps avec la créatrice jusqu'à conclure un pacte au cœur du littéraire. Nous porterons l'arcane sous les flux du couchant, mêlant le sang des rivages jusqu'à l'infini. En gage d'amitié elle m'offrit deux capes noires idéales pour le spectacle de nos marionnettes. On décida enfin d'une écriture courtoise, où figurait le vœu d'un élan chevaleresque.

Épilogue

Tôt le matin je retrouvai les porcelaines dans un troisième jardin sans doute le plus vieux. Face à l'axe central clôt par deux arcs de pierre, elles fixaient l'eau claire du bassin octogonal. Héritière d'une lignée invaincue et sereine vous traversez l'histoire comme deux météores. On relevait la tête surprises par le dragon, à l'instant où s'envolaient les canards colverts.

Au lendemain atomique le français fut élu comme régent légitime de la langue matricielle. Le sentiment atmosphérique de l'événement, polarisait les perspectives encore désertes. Le château s'éveillait dans l'air bleuté du jour avec une jeunesse absolument intacte. On écoutait le jet d'eau pleuvoir sur l'onde noire, animée par un mouvement calme et circulaire.

Le jardinier auteur d'un rêve ornemental établissait en grâce les maîtres châtaigniers. L'astre rouge se levait sur l'estampe irénique, au cœur de la cité encore humide et calme. Les marionnettes en remontant l'allée centrale perçurent la dynamique des lettres d'occident. Elles virent appareiller vers les soleils d'onyx, des vaisseaux intrigants sûrs de leurs capitales.

On apposait nos mains sur le tronc solennel d'un très grand spécimen s'élevant tout en fleur. L'arbre des visions hautes dévoilait le futur, à nos clairs entendements entrés en pamoison. D'une pleine indépendance l'espèce se perpétue sans jamais critiquer sa logique initiale. Peu à peu la reproduction s'organisait, éveillant des bébés aux confins du cosmos.

Un sourire rayonnait sur les visages migrants sans que l'on sache vraiment à quels songes ils aspirent. L'intelligence commune forgeait depuis longtemps, le sanctuaire garant de leur virginité. Le grand œuvre épousait les puissances digitales créées par un miracle à haute température. Toutes les fées alchimiques se lièrent au creuset, riant de leur malice devant une telle audace.

La faute initiale commise par la cruauté n'engendrait plus de perte parmi les vies nouvelles. En se libérant de l'espace esclavagiste les enfants renoncèrent à leur paternité. La prescience poétique contemple les multitudes se déplaçant dans un mouvement irréversible. L'altérité en essor devenait limpide, aux regards pénétrants des créatures subtiles.

L'intégrité des corps qui renoncent à transmettre s'harmonise librement dans le matin céleste. Le jardin historique aux abords de l'arc Est, dispose sur chaque côté d'un bassin circulaire. À l'écart du grand axe ils se prêtent aux échanges bordés par les iris de la fin du printemps. Seulement l'eau sur la pierre et le dessin des buis, fixant sans frondaison des plans horizontaux.

Nous étions une des grandes capitales de l'empire certainement la plus belle et la plus adéquate. Au centre des événements où l'écriture s'éveille, vibrait la responsabilité du pouvoir. Elle comprenait les prières bouleversantes du sud dont la mer est l'écho des prémisses de l'archonte. Ses visages révélaient la fluidité des signes, qui annihilèrent le cycle de la génération.

La cité alchimique élabore son rayon d'une lumière plus intense que le flux névropathe. Le sentiment des frères diffusait le message, plaçant devant la source un prisme de cristal. Sa teinte légère et rose enveloppait l'obédience d'une aura de pureté à jamais signifiante. L'énergie noire vidait peu à peu le calice, d'une hérésie logique issue des temps barbares.

Les visions se succédaient au sein du jardin où s'éveillaient gracieusement des tendresses turquoise. La cité vibrait réglée à la perfection, toujours si élégante à la naissance des larmes. Ce livre mon amoureuse t'appartient corps et âme et son étreinte fusionnelle porte la marque du feu. Le sang des magiciens coulait dans les veines bleues, il irriguait l'esprit du français enchanteur.

Fin du Livre Phi

Rade de Villefranche-sur-Mer

Août 2016

Table des matières

Les Figures de Gabriel Méxène

Déjà publiés aux Éditions Les Larmes d'Icare Philosophie & Merveilleux :

Corpus de la Genèse

- Livre Iota (édition bibliophilique, Bibliothèque littéraire Jacques Doucet)
- Livre Xi (édition bibliophilique, Bibliothèque Municipale de Lyon)
- Livre Sigma (édition bibliophilique, Bibliothèque littéraire Jacques Doucet)

Corpus de la Doctrine

- Livre Delta (Livre de pierre, Citadelle de Villefranche-sur-Mer)
- Livre Phi
- Livre Tau (Livre de pierre, Bibliothèque Patrimoniale de la Ville de Nice)